PIGMALION,

O U

LA STATUE

A N I M É E.

PIGMALION,

OU

LA STATUE

ANIMÉE.

A LONDRES,

Chez SAMUEL HARDING,

M. DCC. XLI.

A MADAME
LA COMTESSE
DE G.

Voici, *MADAME*, cette Histoire de Pigmalion que vous avez tant d'envie ou plûtôt tant d'impatience de lire. Je souhaite de tout mon cœur que vous ne soyez point blessée

*

de quelques traits un peu
trop vifs dont elle est par-
semée. Ces traits sont ex-
cusables dans un sujet aussi
bizare & aussi philosophi-
que (l'un n'est point con-
traire à l'autre) que celui
que je vous présente. En
effet , *MADAME* , quel
mélange d'objets inespérés
& frappans ! Un homme
amoureux de son ouvrage :
une Statue vivante & ani-

mée : de la Matiere qui
passe par plusieurs essais,
qui reçoit différentes modifications, qui se meut, qui
a des sentimens : une Di-
vinité puissante qui lui ac-
corde jusqu'à la faculté de
penser, & de raisonner !

Tout cela me direz-vous,
est bien capable de révolter
l'imagination la plus aguer-
rie. Mais, MADAME,
mettons un peu les préjugez

à part, & raisonnons en-
semble. Qu'est-ce que la
Matiere? En quoi consiste
son essence? Avouons-le de
bonne foi : nous n'en sçavons rien. Un voile obscur
couvre nos yeux, & les
couvrira, selon les appa-
rences long-tems. Il est vrai,
que nous connoissons quelques propriétés de la Ma-
tiere ; mais ces propriétés
sont-elles les seules qui lui

la Comtesse de G... y appartiennent ? N'y en a-t-il point d'autres, & même d'un rang supérieur ?

Déja quelques Philosophes tombent d'accord que l'impénétrabilité, que la pesanteur ou la tendance vers un centre, ne sont point essentielles à la Matiere : témoin le Feu, & peut-être l'Air. Qu'est-ce donc qui lui est essentiel ? Encore une fois, MADAME, nous

n'en sçavons rien ; & le
peu qui nous en est connu,
le peu qu'apperçoivent nos
foibles regards, n'exclud
point la Pensée. Le gros
des Théologiens & des Philosophes se récria contre cette décision, toute modeste
qu'elle est ; mais laissons-les
s'occuper de vaines Chimê-
res, laissons - les prendre
leurs Syllogismes pour des
Oracles, & leurs idées su-

la Comtesse de G... vij perstiéuses pour la Religion.

En finissant, MADAME, je vous demande une grace, c'est de ne montrer cette bagatelle qu'à peu de personnes. Il y a un certain ton qui fait passer la vérité; mais ce ton n'est pas entendu de tout le monde, & même il ne doit pas l'être. Piscis hic non est omnium.

VOus, qui dans ce Printems
  de l'âge
Où l'on ose à peine penser,
Où d'un amoureux badinage
Le cœur ne sçauroit se passer,
Vous, qui plus fiere & plus har-
  die
Jusques à la Philosophie
Avez élevé vos regards,
Vous, qu'une nouvelle parure,
Une fontange, une coiffure,
Ne dégoûtent point des Beaux
  Arts :
Daignez, noble & sage Julie,
Excuser dans Pigmalion
D'une bizarre passion
L'égarement & la folie.
Hélas ! Tout est illusion,
Tout est caprice dans la Vie.

PIG-

PIGMALION,

OU LA

STATUE ANIMÉE.

Pigmalion naquit dans l'Isle de Cypre d'une famille opulente & accréditée. Un génie heureux & inventif, un amour opiniâtre pour le travail, du goût, des talens presque universels,

A

le porterent à cultiver
tous les beaux Arts. Il
réuſſit principalement
dans la Sculpture. Ses
Ouvrages à la vérité n'a-
voient pas tout le fini
de ceux de Phidias & de
Praxitele ; mais il leur
donnoit je ne ſçai quoi
de fort & de ſublime,
qui faiſoit aiſément re-
connoître ſon ciſeau. Peu
ſenſible à ces graces naï-
ves, à ces expreſſions ten-
dres & flateuſes qui ga-
gnent doucement le cœur,
il vouloit des beautés
bruſques & fières, il ai-

moit à frapper l'esprit &
à le tirer, pour ainsi dire de son assiette natu-
relle. Le Marbre & l'Y-
voire sembloient non-
seulement respirer & vi-
vre, en sortant de ses
mains : il leur créoit encore une ame & des pas-
sions.

Dans l'Antiquité sça-
vante, l'apanage de ceux
qui se livroient à l'étude
des beaux Arts, étoit un
noble désintéressement.
Ils travailloient pour la
gloire, ils cherchoient à
acquérir une réputation

immortelle. La baſſe ja-
louſie ne régnoit point
dans leurs cœurs. Pigma-
lion porta la généroſité
encore plus loin que tous
ſes contemporains. Il ne
vendit aucun de ſes Ou-
vrages , qu'il auroit cru
deshonorer par cette eſ-
pèce de trafic. Il en or-
noit les Temples conſa-
crés aux Dieux immor-
tels : il les faiſoit placer
dans les Tribunaux où ſe
rendoit la juſtice , & dans
les Sales d'aſſemblée où
l'on enſeignoit la Philo-
ſophie & les autres Scien-

ces exactes, qui ont pour
but d'infpirer l'amour in-
féparable de la Vérité &
de la Vertu. Les Amis de
Pigmalion lui étoient ten-
drement attachés, & il
puifoit dans leur commer-
ce des idées nouvelles,
& qu'il n'auroit peut-ê-
tre point eues de fon propre fond. Une eftime
réciproque refferroit les
nœuds de l'amitié. Heu-
reux les Royaumes, où
le foin de récompenfer
les Talens fupérieurs, les
Talens utiles, paffe non-
feulement pour une obli-

gation effentielle , mais encore pour une dette de l'Etat ; & où les grands Artiftes ne font point obligés de vendre leurs Ouvrages à des Ignorans fuperbes , qui n'ont pour tout goût & pour toute intelligence que de ftupides richeffes !

Les mœurs de Pigmalion étoient telles que les doit avoir un honnête homme , dont l'efprit eft pur & délivré des préjugés vulgaires : qui fçait penfer avec hardieffe & qui met à profit fes ré-

fléxions. Exact obferva-
teur des bienféances dont
la Religion eſt la princi-
pale, il ſe procuroit tout
le commode, & même
tout l'agréable que ſa fortune & ſa ſituation luï
pouvoient permettre : il
ſe refuſoit ſeulement aux
dépenſes ſuperflues, à
tout ce que demande le
faſte, à tout ce qui ſent le
ſpectacle. Il vivoit pour
lui ſeul, & vivoit d'autant
plus délicieuſement qu'il
connoiſſoit tout le prix
de la vie. L'intérieur de
ſa maiſon, les meubles

dont elle étoit ornée, fa Bibliotheque, fes Jardins, fa Table, tout avoit un air fpirituel & volup-tueux; mais rien ne tranf-piroit au dehors. Il crai-gnoit les hommes ordi-naires, & ne fe livroit qu'à fes véritables Amis, qui étoient des hommes d'une autre trempe. Si nous pouvions efpérer d'être heureux, Pigma-lion l'étoit.

A l'âge de vingt ans, il eut deffein de fe ma-rier. On lui propofa la fille d'un des plus fameux

Négocians de Cypre. Elle
avoit de la beauté, de l'efprit, des manieres atti-
rantes, je ne fçai quoi
de privilégié dans la phy-
fionomie : & ce qui de-
voit alors décider, elle
étoit extrêmement riche.
Pigmalion demanda du
tems, & voulut contre
l'ufage s'informer des
mœurs & du caractère de
fa prétendue Maîtreffe.
Sur la réponfe que lui fi-
rent des Amis trop fin-
cères, il ne l'époufa point.
Cette première tentative
l'aigrit contre toutes les

femmes. Il en cherchoit de vertueuses, & il ne trouvoit que des Coquettes qui ne gardoient pas même les apparences de la Vertu, ou des Prudes & des Dévotes de profession, qui, par des sentimens déplacés, rendoient cette même Vertu haïssable. De toutes les unions, la plus douce & la plus charmante devroit être le mariage. Mais quel rapport, quel assortiment de qualités du cœur & de l'esprit n'éxige point cette union!

& qu'il est facile de s'y méprendre ! Pigmalion résolut donc de ne point se marier. Il renonça même à ces engagemens où du moins, si l'on est trompé, on ne l'est pas long-tems, & où la variété & le changement dédommagent de ce qu'on perd du côté de la constance. Plaisirs faciles & sur lesquels il faut glisser, si l'on veut les trouver à son goût. Qu'importe que les ennemis nés du Public, que les Prêtres en un mot, les blâment ou les approuvent.

Pour continuer à fe vanger d'un Sexe qu'il n'ofoit aimer, Pigmalion ne travailla à aucune Statue de Déeffe, ni d'Heroïne. Il craignoit de fe paffionner, & d'allumer dans fon cœur des feux qu'il n'auroit pu enfuite éteindre. En effet, comment repréfenter une belle perfonne, comment donner de la vie à fes yeux & de la grace à fon teint, comment démêler un fouris fin, un noble air de tête, ce je ne fçai

quoi d'ingénieux qui ac-
crédite toute une physio-
nomie , sans être soi-
même touché? L'imagi-
nation du Peintre ou du
Sculpteur ébauche : le
cœur acheve & perfec-
tionne.

Pigmalion passa plu-
sieurs années dans cette
indifférence recherchée ,
& même il s'en applau-
dissoit. Mais qui est assez
malheureux , pour ne ja-
mais aimer , ou plûtôt qui
est assez heureux pour
cela? Un jour de Prin-
tems qu'il avoit été seul

à la Campagne, où il s'é-
toit occupé à étudier la
Nature qui se réveilloit,
pour ainsi dire, & répan-
doit par - tout de nou-
veaux agrémens, il en-
tra, sans le sçavoir, dans
un Bosquet de Myrtes
consacré à Venus. Là,
saisi d'un mouvement in-
connu, il se jetta sur un
tapis de verdure émaillé
de Jonquilles & de Vio-
lettes, & bien-tôt il s'y
endormit. La Déesse lui
apparut en songe. Elle
étoit portée sur un nuage
d'azur parsemé d'étoiles

d'or. Ses cheveux flot-
toient négligemment sur
ses épaules nues, & une
agraffe de saphirs & de
rubis les relevoit sur sa
tête d'une maniere neuve
& galante. Tout ressen-
toit la présence de la
Déesse de la Beauté. Ses
yeux étoient remplis de
cette tendresse vive qui
annonce les plus grands
plaisirs, & en est, pour
ainsi parler, l'avant goût.
Pigmalion, lui dit-elle,
vous me devez un désa-
veu de votre indifféren-
ce : ma gloire y est inté-

reffée. Confidérez mes
traits, voyez quelle ame
y eft répandue , quel-
le harmonie les unit en-
femble. Prenez votre ci-
feau : je conduirai votre
main, j'échaufferai votre
imagination. On verra
naître un Chef-d'œuvre
de l'Art..... Vous en
paroîtrez étonné le pre-
mier : tous les Connoif-
feurs l'admireront...Ve-
nus fera contente & de
vous & d'elle-même. La
Déeffe lui lança auffi-tôt
un coup d'œil perçant ,
qui le remplit de cette vi-
vacité

vacité & de ce tréſaille-
ment qui ſe font bien ſen-
tir à l'approche d'une volupté long - tems atten-
due, & ardemment ſou-
haitée.

Pigmalion ſe réveilla.
Un Songe ſi flatteur reſ-
ta gravé dans ſon eſprit,
comme une réalité. Ve-
nus s'offroit encore à ſes
yeux avec tous ſes char-
mes : Venus l'enchantoit,
Venus le pénétroit de ſa
divinité. Il reſſembloit à
un homme étonné qui ſe
diroit à lui-même : *Je me*
ſuis hier endormi dans un

B

antre fauvage, & *me voilà aujourd'hui tranfporté dans un Salon magnifique*, & *couché fur des carreaux revêtus de fatin. Quel contrafte ! Quelle métamorphofe !* Toutes les idées de Pigmalion fe nettoyerent en même tems. Il vit le Beau dans fa fource. Le véritable Amour fe peignit à fon efprit, cet amour qui n'eft point le partage des Coquettes ni des Prudes, cet amour qui commence par l'eftime, qui fe nourrit des fentimens du cœur, qui s'intéreffe à la gloire de la Perfonne aimée, qui peut enfin paffer pour la plus aimable & la plus fpiri-tuelle de toutes les ver-tus. Les faveurs rarement accordées l'entretiennent. Ce font des libertés que l'amour permet , mais qu'il faut prendre à pro-pos & comme en effleu-rant. Heureux Amour , Baume le plus falutaire taire de la vie,

Tous les autres plaifirs ne va-lent pas tes peines!
Le vrai bonheur de l'Ame eft de porter tes chaînes.

Le Songe qu'avoit eu Pigmalion dans le bofquet confacré à Venus, ne pouvoit s'effacer de fon cœur, encore moins de fon efprit. Il y revenoit fans ceffe : tout lui rappelloit des idées flateufes & attendriffantes. Un matin qu'il confidéroit, avec plus de plaifir qu'à l'ordinaire, un Bloc de marbre blanc que fes Eleves avoit dégroffi & préparé, il prit, comme par une infpiration foudaine, fon cifeau. A peine eut-il commencé de travailler, que sa main s'enhardit, le marbre devint docile, & prit en quelque maniere la mollesse des chairs. L'ouvrage avançoit comme de lui - même, ou plûtôt se perfectionnoit avec une extrême rapidité. Le Sculpteur en étoit d'autant plus surpris, qu'il travailloit pour l'ordinaire plus lentement, & avoit beaucoup de peine à se contenter. Mais, pour cette fois, il sentit quelque chose de supérieur à son Art. La Déesse vouloit réussir, &

les femmes réuſſiſſent toujours, quand l'intérêt de
leur beauté & l'amour-
propre s'en mêlent. Pig-
malion rendit les mêmes
traits qui l'avoient frappé
pendant ſon ſommeil. Les
contours, les expreſſions
de la figure imitoient le
naturel : enfin, tout le
travail fut achevé. Ve-
nus n'avoit jamais paru
plus belle. Une legere
draperie ſembloit flotter
ſur ſes épaules en forme
d'écharpe. Tout le reſte
étoit d'une blancheur
éclatante. On ne ſçavoit

à quelle beauté donner la préférence : chacune avoit son prix, son mérite particulier.

Tous les Connoisseurs vinrent admirer l'Ouvrage de Pigmalion, & trouvoient qu'il s'étoit surpassé lui-même. Les uns employoient des heures entieres à le considérer, & trouvoient encore qu'ils ne l'avoient pas assez vu. *O Dieux !* s'écrioient-ils, *pourquoi faut-il que ce Chef-d'œuvre parte de la main d'un homme ?* Les autres, le crayon à la

main , deſſinoient la nouvelle Statue , & en fai-
ſoient l'objet principal de
leurs études. Les femmes
mêmes , ou par goût, ou
par curioſité , s'empreſ-
ſoient à la voir. C'étoit
le Spectacle du jour. Quelques – unes s'en retour-
noient plus triſtes , & en
quelque maniere jalouſes
de ce qu'elles avoient ad-
miré. L'auroit-on cru d'u-
ne Statue? Mais la jalouſie
s'en prend à tout ce qui
plaît. Il ſemble qu'une
jolie femme ne voye qu'à
regret louer quelqu'autre
choſe

chose, qu'elle-même, ne fût-ce qu'une Fleur, qu'une Statue, qu'une Peinture.

Pigmalion éxalté, applaudi même de ceux qui étoient le plus fâchés qu'il eût si bien réussi, travailla à un Piédestal de basalte ou marbre noir, veiné de rouge, afin d'y placer sa Venus. Il la fit aussi-tôt transporter dans un Salon isolé, qui étoit au bout de son Jardin, & où il alloit passer les momens les plus agréables de sa vie, seul, oc-

C

cupé de ses pensées & in-
terrogeant sans témoin
son cœur. Ce Salon étoit
peint en vert & or., &
des lits de repos , un
peu éloignés les uns des
autres , offroient des asi-
les sûrs & commodes qui
aidoient à la rêverie. Une
lumiere douce s'y ré-
pandoit par quatre fenê-
tres garnies de feuilles de
talc , & l'on diminuoit
encore le jour par des ri-
deaux faits de peaux d'Es-
pagne , qui se tiroient
avec des cordons or &
vert,

Ce fut au milieu d'un Salon si voluptueusement orné, que parut la Statue de Venus, & elle y faisoit un effet admirable. De quelque côté qu'on la regardât, les yeux en étoient enchantés, & si l'on osoit le dire, le cœur pris. Pigmalion ne passoit aucun jour, sans venir rêver dans ce Salon plusieurs heures de suite, & désespérant de faire aucun ouvrage qui en approchât, il avoit résolu de renoncer à son Art. *O Venus !* disoit-il quelquefois, *O*

Déeſſe toute-puiſſante ! vous avez conduit ma main, j'ai fait un Chef-d'œuvre. Mais que de mouvemens inconnus s'élevent dans mon ame ! Je ſens plus que jamais qu'il manque quêlque choſe à mon bonheur. Je vivois tranquille, je n'avois rien à deſirer. Préſentement, tout me gêne, tout m'inquiéte : je ſouhaite un bien que je ne connois point, ou que je cherche à me diſſimuler. O Déeſſe ! venez à mon ſecours, ne m'abandonnez point. Pigmalion gardoit enſuite un profond ſilençe : ſes yeux

ſe rempliſſoient de pleurs.
Il penſoit nonchalam-
ment, & n'oſoit preſque
s'avouer ce qu'il penſoit.
Hélas ! ſe diſoit-il à lui-
même, *ſi quelque Divini-*
té favorable pouvoit lui don-
ner la vie & le mouve-
ment… quelle félicité ſeroit
égale à la mienne……
Mais, o deſirs ſuperflus,
& peut-être même ridicules !
Je ſouhaite ce que je n'eſpere
point : je demande ce qu'il
m'eſt impoſſible d'obtenir. Ce
marbre ſera toujours un ob-
jet charmant à mes yeux ;
mais il y aura toujours un

C 3

*vuide infini entre son exis-
tence & la mienne. Qui
peut communiquer la pensée
& le sentiment à du mar-
bre ? Mais qui me les a
communiquez à moi-même ?
Qu'étois-je dans le premier
instant où j'ai commencé à
penser & à sentir ? Que
suis-je encore maintenant ?
Je vis, je respire, je pense, j'ai des sentimens : n'en
peut-il point arriver autant
à cette Statue ? Tout dépend
peut-être d'un peu plus ou
d'un peu moins de mouve-
ment, d'un certain arran-
gement de parties. Un corps*

dur peut devenir fléxible, le cahos peut recevoir une forme plus réguliere. Ici la matiere est étendue, là elle pese, plus loin elle se meut, plus loin encore elle pense. Ce ne sont peut-être là que différentes modifications qui concourrent à former un tout parfait.

Pigmalion s'entrete-noit dans ces pensées, qui le flattoient & le chagri-noient tour à tour. Il avoit beau appeller sa raison, elle ne venoit point le secourir. Son unique occupation étoit d'al-

ler plusieurs fois le jour
voir sa chere Statue. Il se
jettoit tantôt sur un lit de
repos, & tantôt sur un
autre. Il lui parloit quelquefois, & rougissoit en-
suite de lui avoir parlé.
Un soir qu'il la considé-
roit plus attentivement
qu'à l'ordinaire, il s'apperçut qu'elle faisoit quelques mouvemens, & quel-
ques infléxions de tête.
O Venus ! s'écria-t-il, *ô
combien grande est ma sur-
prise ! Ne me trompai-je
point ? Mes yeux, serez-
vous complices des égare-*

mens de mon cœur ? La Statue s'arrêta tout auſſi-tôt,
& redevint immobile.
Les jours ſuivans , Pig-
malion ſe rendit plus aſ-
ſidu à viſiter ſon Salon.
Il épioit, pour ainſi di-
re, le moment favorable
où ſa Statue devoit ceſ-
ſer de l'être , où la ma-
tiere étendue devoit paſ-
ſer à un état plus parfait
ou du moins plus perfec-
tionné , où elle devoit
penſer. Ce changement
ne ſe fait point bruſque-
ment & par ſauts : il ſe
fait par degrés , par nuan-

ces, par des mouvemens insensibles. Il y a un éloignement infini d'un état à l'autre ; mais cet infini s'acheve dans un tems très-fini.

Pigmalion rappellant toutes ses idées, se disoit avec une sorte de confiance : *Mais quoi ! ma Raison ne voit rien à tout cela. Ma Raison ! Qu'est-ce que ma Raison, & que voit-elle ? Que m'a-t-elle appris depuis que je suis au monde ? Quelles ténèbres a-t-elle dissipées ? Qu'est-ce qu'un homme raisonnable ?*

Quel avantage a-t-il fur
ceux qu'on fuppofe ne l'être
point ?

Depuis le premier mo-
ment où Pigmalion avoit
apperçu du mouvement
dans la Statue, toutes les
fois qu'il la revoyoit, il y
appercevoit un progrès de
ce même mouvement. On
auroit dit qu'elle s'ef-
fayoit à refpirer, à vi-
vre, à marcher, &, en-
core plus, qu'elle s'ef-
fayoit à penfer. C'eft ainfi
qu'un enfant au berceau
reffemble à quelque cho-
fe de brut, & de plus

brut encore, de plus in-
forme que du marbre. La
machine se développe peu
à peu, ses ressorts jouent
les uns contre les autres,
les fluides & les solides
se combattent & résistent
tour à tour, c'est une action & une réaction con-
tinuelle. Enfin, la ma-
chine acquiert toute sa
perfection, on voit la pensée & le raisonnement
prendre des accroissemens
successifs, on leur voit
plus de force, de nette-
té, plus d'union & de
sympathie. Ensuite, la

machine décroît, s'ufe, fe détraque, périt. L'Ame reffent les mêmes diminutions : elle n'étoit d'abord rien, elle devient quelque chofe, elle fe fortifie ; elle retombe peu à peu dans un état d'anéantiffement, elle s'anéantit enfin. Voilà la vie de l'Ame peu différente de la vie du Corps. Il ne faut point qu'on s'y trompe.

Comme le mouvement eft le milieu par où doit paffer la matiere, pour, de non-penfante qu'elle

étoit devenir penfante, la
Statue ne manqua point
d'acquerir par degrez tous
les mouvemens dont un
corps eft fufceptible. Les
nuits fur-tout, comme fi
elle n'étoit pas bien fûre
encore de fon fait, &
qu'elle craignît d'être
vue, elle defcendoit de
fon Piédeftal, marchoit
dans le Salon, & fe re-
mettoit enfuite à fa pla-
ce accoutumée. Après tous
ces préliminaires, fe dé-
clara la penfée, comme
un trait de lumiere qui
éclate dans une nuit obf-

cure. La Statue, non plus Statue, pensa, & dans le même moment elle s'écria : *Que suis-je, & qu'étois-je il n'y a qu'un instant ? Je ne me comprends point : je ne me connois point. A quoi suis-je destinée ? Pourquoi m'a-t-on tirée du néant ? Tout ce que j'apperçois, tout ce qu'il m'est permis de connoître, c'est que j'existe & que je sens que j'existe. Mais d'où vient ma pensée ? Qu'est-ce que penser ? Je me replie sur moi-même, & je ne connois rien à mon être. O penſée ! vous m'appartenez en propre : vous êtes le Sceau de mon exiſtence ; mais j'ignore tout le reſte. Eſſayons cependant de joindre quelques penſées les unes aux autres. Suis-je le ſeul être qui exiſte, & n'exiſtai-je point pour quelque but . . . . Quelle idée confuſe vient s'offrir à moi ! Je ſens que ſi j'exiſte, je dois exiſter avec contentement, avec ſatisfaction de moi-même.*

Pendant que la Statue parloit encore, Pigmalion entra bruſquement, & la ſurpriſe

furprife fut réciproque. L'Ouvrage & l'Ouvrier s'obfervérent long-tems avec des regards diftraits & curieux. Enfin, la Statue rompant le filence : *Qui que vous foyez,* dit-elle à Pigmalion ; *car m'ignorant moi-même, je dois encore plus vous ignorer, apprenez-moi quel eft mon fort. Je n'étois rien il y a quelques inftans, & je fuis devenue quelque chofe. Mais que fuis-je, & qui êtes-vous vous même ? A qui dois-je mon être ?* Pigmalion étonné répondit : *Vous le dé-*

D

vez à une Divinité puif-
fante & favorable ; & c'eft
moi qui par des fentimens
inconnus à la Nature , ai
obtenu d'elle cette grace. Si
vous vivez , vous vivez par
moi , & vous devez vivre
pour moi. Qu'entens-je , re-
prit la Statue , *& quel*
langage me tenez - vous ?
Qu'eft-ce qu'une Divinité ?
Qu'eft-ce que la Nature ?
Qu'eft-ce que vivre par vous
& pour vous ? Je ne fçai
rien : tout m'eft nouveau ;
de grace , inftruifez-moi.

Pigmalion troublé ,
comme on le peut croire,

se retira & revint peu
après. La Statue continua
à lui faire des questions.
Sommes-nous seuls, lui disoit-elle? *N'y a-t-il point
d'autres Etres que nous
deux? Tout est-il renfermé
dans ce petit espace, où nous
nous trouvons? Je m'y sens
bornée; mais je me trompe,
ou ma pensée va plus loin.*
Pigmalion lui répondit
en hésitant: *Nous ne som-
mes que la moindre partie
de ce qui existe, & les bornes de ce Salon ne sont point
les bornes de l'Univers. Il
y a des Etres sans nombre*

qui exiſtent tous à leur maniere, qui vivent & meurent tour à tour ; mais tous ces êtres n'en compoſent qu'un ſeul, qui eſt le Tout, qu'on appelle Dieu, la Nature & l'Univers. Tous les êtres particuliers tiennent à ce premier Etre, & participent plus ou moins à la Vie univerſelle. Vous étiez Statue il n'y a que peu d'inſtans, & vous penſez maintenant. J'ignore, comme vous, de quelle maniere s'eſt fait ce changement. Il y a apparence que le Tout, que le vrai Etre doit contenir

toutes les modifications possi-
bles ; & par conséquent il
ne doit pas moins penser
qu'être étendu , moins raisonner que se mouvoir , moins
avoir des sentimens qu'être
figuré , &c. Qui dit tout ne
fait aucune exception.

Voilà bien des choses qui
me sont nouvelles , reprit la
Statue , & que j'ai de la
peine à concevoir & à ar-
ranger avec moi - même.
Mais , dites-moi , qu'est-ce
que vivre ? Vit-on toujours,
& ce qui a vie une fois cesse-
t-il de l'avoir ?

A proprement parler , ré-

pondit Pigmalion, *tout vit,*
& ce qui paroît cesser de vi-
vre , revit d'une autre ma-
niere. Mais pour vous expli-
quer des choses si sublimes,
il faudroit entrer dans beau-
coup de détails qui vous sont
inconnus. Sçachez seulement,
ô divine Statue , que pour
nous autres qui pensons,
vivre c'est se ressouvenir;
c'est pouvoir joindre ensem-
ble quelques idées qui se
suivent les unes les autres,
& qui ne sont interrompues
que par de courts interval-
les. Quand le fil de ces idées
est rompu , cela s'appelle

mourir. Mais on revit d'une autre maniere, & alors recommence une nouvelle suite d'idées qui n'ont aucun rapport avec les premieres. Pigmalion lui dit ensuite: *Ne vous impatientez point. Les connoiſſances ne s'acquierent pas tout-à-coup. Vous vous les procurerez peu-à-peu, tant par le commerce des autres hommes, que par vos réflexions. Mille objets nouveaux vont se présenter à vos yeux: vous apprendrez insensiblement & leurs noms & leurs proprietez, & le rapport qu'ils ont*

avec vous : ce sera une in-
struction de détail. Pigmalion lui expliqua ensuite
comment s'instruisent les
Enfans , comment ils ac-
quierent leurs connoissances & leurs idées , com-
ment , de Statues qu'ils
étoient , ils deviennent
raisonnables. D'abord ils
reçoivent ces idées & ces
connoissances par leurs
Sens : ils voyent, ils enten-
dent, ils touchent, ils sen-
tent. Les autres hommes
leur apprennent ensuite
ce que les Sens n'ont fait
que leur montrer , que
leur

leur indiquer. Ils combi-
nent enfin eux-mêmes ce
qu'ils ont entrevû & ce
qu'on leur a appris ; c'eſt
le fruit des réfléxions. Par-
là ſe forment les idées,
s'acquiérent des connoiſ-
ſances. Un enfant privé
du commerce des autres
hommes ne ſortiroit point
de l'enfance de l'eſprit, ne
penſeroit guére plus que
du marbre , ne connoî-
troit rien ou preſque rien.
Combien une bonne édu-
cation fournit-elle d'idées
& de connoiſſances ! Et
cependant combien d'en-

E

fans bien élevés reftent-ils
. . . . . toujours enfans,
& refteront - ils tels !

Jufqu'ici la Statue étoit
demeurée affife fur fon
Pié-deftal. Pigmalion n'a-
voit ofé l'approcher, & il
la regardoit avec le mê-
me refpect qu'un Prêtre,
non encore aguerri aux
chofes faintes, auroit regardé une Divinité. Mais
enfin il s'enhardit, & lui
prenant la main, il pro-
mena des regards avides
& perçans fur le plus beau
corps qu'on pût voir. Que
de beautez s'offrirent à fes

yeux, & de beautez enco-
re, dont les unes s'embel-
lissoient par leur voisina-
ge, les autres par leur
contraste ! Tout étoit pro-
portionné de la maniere la
plus parfaite : & une cer-
taine fleur d'agrément,
plus rare encore que la
beauté, faisoit sentir ce
que la Nature avoit si bien
arrangé. Plus Pigmalion
regardoit attentivement,
plus il redoubloit d'atten-
tion : & moins il sçavoit
ce qui convenoit le plus
d'être regardé. Les mains
dociles suivent si aisément

ce qui a d'abord plû aux
yeux, que Pigmalion ne
pouvoit se lasser de se ren-
dre propres par le tou-
cher, les beautez qu'il
avoit saisies par des re-
gards ardens. Grands
Dieux ! quel fermeté !
quel embonpoint ! Cha-
que partie avoit les char-
mes & les attraits qui lui
sont destinez. Une gor-
ge soutenue des mains de
la Nature, & qui repous-
soit celles qu'on lui op-
posoit, une gorge avant-
couriere d'autres beautez
plus secrettes, engageoit

Pigmalion à rechercher ces mêmes beautez. A peine put-il s'en assurer. Quels obstacles ne rencontra-t-il point ? Et quel desir de les vaincre !

Pigmalion, tout hors de lui-même, (& qui ne le seroit à moins ?) appuya des baisers pleins de flamme sur la bouche de sa Statue. *Que prétendez-vous,* s'écria-t-elle, *& quels mouvemens inconnus me faites-vous sentir ? Je me connois encore moins, que je ne faisois il y a quelques heures. A peine je vis,*

& vous voulez que je meure.
Mais quelle mort, & qu'elle me semble douce ! Com-
ment appellez-vous , & les
mouvemens que vous vous
donnez , & ceux que vous
me forcez à me donner moi-
même ? *Parlez* : arrêtez-
vous : ne vous arrêtez pas :
je cede à vos transports,
mais quel nom leur donnez-
vous ? . . . *Plaisir* , plaisir,
répondit Pigmalion d'une
voix entrecoupée , & le
plus grand de tous les plaisirs ! Peut - on y résister ?
Quelle félicité ! Qu'elle est
extrême ! *Achevez* , grands

Dieux ! achevez mon bon-
heur.... *La voix me man-*
que... *je fuis heureux.*

Cette volupté éprou-
vée, pour la premiere
fois, plut extrêmement
à la Statue ; & comme
elle étoit renverfée fur un
lit de repos & couchée
favorablement, elle in-
vita Pigmalion à la répé-
ter. Il obéit, il fe prêta
d'autant plus volontiers,
que la Statue fe prêtoit
elle-même avec de nou-
veaux agrémens. Il fem-
bloit que les fecouffes
réitérées de cette efpece

de plaisir augmentoient, pour ainsi parler, & perfectionnoient son ame. *A présent*, disoit-elle, *je ne puis douter que je ne vive. Ce que vous appellez plaisir acheve de me convaincre de mon être*, *& de me persuader sa réalité. Je vis certainement, puisque j'en suis enyvrée. Mais comment a-t-on pu connoître que le plaisir étoit caché dans ce réduit aimable, où vous me l'avez fait sentir ? Comment a-t-on pu pénétrer cet agréable mystere ?*

Pigmalion surpris, lui

répliqua : *Toutes nos His-*
toires commencent par la dé-
couverte de ce plaisir. C'est
la premiere qui ait été fai-
te : on l'a masquée sous dif-
férens emblêmes. Le princi-
pal est celui d'une Pomme,
qui contenoit la science du
Bien & du Mal. En effet,
tout est renfermé dans cette
action, sur-tout quand elle
est bien conduite. Mais je
vous apprendrai une autre
fois cette Histoire, ainsi que
bien d'autres plus curieu-
ses encore. Vous m'appren-
drez tout ce que vous vou-
drez , reprit la Statue avec

un air de curiosité qui ne lui séioit pas mal : *dites-moi seulement si après cette premiere découverte, il s'en est fait quelques autres qui en ayent approché. La Science du plaisir, car je m'inté-resse à ce qui la regarde, s'est-elle perfectionnée ? Hé, mon Dieu ! non,* repartit Pigmalion : *tout a été de-couvert d'abord. Mais en revanche on a inventé bien d'autres choses, qu'on dit être très-belles, très-agréa-bles, & qui ont perfection-né la vûe, l'ouie, le toucher même à quelques égards.*

*Pour ce qui eſt du plaiſir,
on n'en ſçait pas plus qu'on
en ſçavoit autrefois* … *O
Plaiſir!* répondit la Statue,
*pourquoi t'a-t-on tant négli-
gé? N'es-tu pas la véritable Reine à laquelle il fal-
loit ſacrifier?*

Mais pendant qu'ils s'en-
tretenoient ainſi l'un &
l'autre, le doux ſom-
meil, qui eſt une eſpece
de récompenſe du plaiſir
généreuſement porté à
quelque excès, vint les
ſurprendre. Pigmalion
s'endormit dans les bras
de ſon admirable Statue,

qui à son tour se refusa
quelque tems au sommeil
comme à une espéce d'a-
néantissement , & qui s'y
livra ensuite comme à un
état d'indolence qui re-
nouvelle les forces & le
goût du plaisir. Une voix
inconnue & flateuse les
réveilla par degrez, & ils
tournérent aussi-tôt la
vûe gracieusement l'un
sur l'autre. Jamais l'amour
ne brilla avec plus de force qu'en ce moment , ni
dans des yeux plus satis-
faits que les leurs. Ils é-
toient pleins d'une douce

langueur, & ne respiroient
que la volupté.

O vous, dit la Statue
en se réveillant, *O vous
qui m'êtes tout, puisque je
ne connois que vous, renou-
vellez-moi vos caresses ! Je
crains sans elles de vous per-
dre. Je crains que vous ne m'é-
chappiez... ne cessez point
de m'aimer.* Les allarmes
& les craintes de la Statue
ayant été heureusement
dissipées, elle sentit un
nouveau besoin qui la
préparoit à un nouveau
plaisir, c'étoit l'appé-
tit. Mais elle ignoroit
de quelle maniere elle

feroit connoître ce befoin.
Les paroles lui man-
quoient, les expreſſions
ne répondoient point à
l'abondance de ſes pen-
ſées. Pigmalion l'enten-
dit à demi-mot, & l'en-
tendit d'autant mieux,
qu'il y a une eſpece d'u-
niſſon entre les ames des
perſonnes qui s'aiment,
& que, ſans ſe parler,
elles devinent leurs ſen-
timens mutuels, & péné-
trent leurs penſées. Il fit
auſſi-tôt apporter des
fruits ſecs, d'autres aſſai-
ſonnez de miel, des gâ-
teaux de fine fleur de fa-

rine paîtris avec du lait,
& mêlez d'amandes & de
piftaches, fur-tout d'ex-
cellent vin de Cypre, qu'il
ne prodiguoit à fes Amis,
que les jours où il célé-
broit la Fête de la Déef-
fe des Arts. Ce vin joi-
gnoit à un petit goût d'a-
mertume, qui lui étoit
propre, tout le liant &
tout l'agréable du vin de
Lesbos.

La Statue furprife d'u-
ne abondance fi recher-
chée, fuivit l'exemple de
Pigmalion. *Que ces mets,*
lui difoit-elle, *font déli-*

cieux ! Ils m'offrent un nou-
veau plaisir ; mais comment
le nommez-vous ? C'est celui
du goût, reprit Pigmalion;
mais il ne faut le satisfaire
que par intervalles : *il faut*
même l'irriter plûtôt que le
satisfaire. Pour bien goûter
les plaisirs , il est nécessaire
que quelque besoin les pré-
céde. Ils ont alors tout le pi-
quant qu'ils doivent avoir.
La Volupté demande de l'é-
conomie. Et en quoi pour-
roit-elle consister cette écono-
mie , si ce n'est à se préparer
les plaisirs par des besoins
qui en soient les avant-cou-
reurs ,

reurs ,à les souhaitter long-
tems , enfin à les goûter avec
intelligence , & à sçavoir
qu'on les goûte ?

Pigmalion demeura
pendant huit jours avec sa
chere Statue , & il ne la
quittoit que pour la reve-
nir joindre avec plus d'impatience. Leurs conversa-
tions étoient toujours vi-
ves & animées , toujours
accompagnées de caresses.
Ni les Amis de Pigma-
lion , quoique sa retraite
les rendît extrêmement
curieux , ni ses Domesti-
ques , plus curieux enco-

F

ré, ne purent entrer pendant tout ce tems-là dans le Salon du Jardin. Mais un bonheur tranquille, un bonheur goûté fans témoins, laffe infenfiblement. On veut être heureux, mais on veut l'être avec quelque inquiétude : on veut être heureux, mais on veut que les autres fçachent qu'on l'eft & qu'ils en foient jaloux. La Statue commença à devenir moins empreffée, elle témoigna quelque ennui. Pigmalion s'en apperçut : & comme il étoit très-inftruit dans l'art des voluptez , il vit bien qu'il étoit tems de quitter le Salon du Jardin , & d'a-privoifer fa chere Statue au commerce du monde. Il pria donc fes meilleurs Amis de venir un foir fouper chez lui , & il les pré-vint avec un petit air myf-térieux , qu'il leur feroit voir le chef-d'œuvre le plus parfait que fon Art eût jamais produit.

Le repas étoit préparé dans une Sale baffe de fa Maifon, qui étoit de plein-pied avec le Jardin. Plu-

fieurs bougies l'éclai-
roient , & on avoit répan-
du fur le placher des eaux
de fenteur extraites des
plus belles fleurs. L'air
étoit embaumé de par-
fums exquis. Un doux Zé-
phir faifoit voltiger des ri-
deaux de pourpre de Tyr,
qu'on avoit tirez négli-
gemment fur les fenêtres.
Aucun domeftique ne de-
voit paroître dans cette
Sale , regardée par Pig-
malion comme la Cité du
plaifir & encore plus de la
fidélité. La table fur laquelle on devoit manger ,

répondoit ſi parfaitement
à pluſieurs petits Buffets
placés avec art , que cha-
cun pouvoit ſe ſervir lui-
même , ſans ſe gêner , &
ſans gêner les autres.
Agréables repas , où il
n'y a point de Specta-
teurs , & où ceux qui y
ſont reçus , oublient en
ſortant, & les folies qu'on
y a dites , & les libertés
qu'on y a priſes !

Quand tous les Amis de
Pigmalion furent raſſem-
blez , il leur dit en riant :
Avant que de nous mettre à

table, je vais chercher ma Statue de *Vénus*, & je veux qu'elle soupe avec nous. Ce n'est point une fable, mes chers amis, ce n'est point une raillerie : vous la reconnoîtrez sans peine. Elle est vivante, elle est animée, elle respire, elle plaît : vous aimerez son esprit & encore plus sa naïveté. Tous les Convives sourirent, & regarderent le discours de Pigmalion comme un badinage agréable. Ils s'attendoient tout au plus à voir quelque nouvel Ouvrage de sa main. Mais, ô Dieux !

quelle fut leur furprife ,
quand ils virent entrer la
Statue même de Vénus ,
qu'ils reconnurent au premier coup d'œil , l'ayant
fi fouvent admirée ! Elle
étoit vêtue d'une tunique
de lin , qui laiffoit voir en
partie fes bras & fa gorge ,
dont la blancheur les
éblouiffoit : & par-deffus
cette tunique , flottoit un
manteau de couleur bleue
que la Statue laiffoit tom-
ber , & qu'elle ramenoit
tour à tour fur fes épau-
les. Elle avoit des efpéces
de fouliers , ou plûtôt des

brodequins rouges & or-
nez de plufieurs fils de
perles. Ses cheveux naif-
fans , & entremêlez de
fleurs violettes & jaunes,
accompagnoient le plus
beau vifage du monde.
Des yeux vifs & qui par-
loient fans ceffe , annon-
çoient toute la perfection
de l'ame. Au milieu de
tout cela , brilloit comme
un rayon de la Divinité,
qui étoit le fceau de l'ori-
gine de la Statue.

Tous les Convives tref-
faillirent , en la voyant
pleine de vie, & l'adore-
rent

rent humblement. *Quelle étonnante métamorphose, difoient-ils, & que Pigmalion eft heureux que le Ciel lui aït fait un préfent fi beau, préfent unique, & qui furpaffe tous ceux que leur bonté peut accorder aux mortels, même à ceux qu'il femble favorifer le plus !*

Cependant on fe mit à table : les mets les plus délicats, s'y trouverent fervis, & l'arrangement leur donnoit encore un nouveau mérite. La joye augmentoit à mefure que les yeux fe tournoient vers

G

la Statue animée. Elle
confultoit ceux de Pigma-
lion, & Pigmalion à fon
tour paroiſſoit trop flatté
d'obéir aux ſiens. Plus on
l'agaçoit, plus on lui
trouvoit d'eſprit & de fi-
neſſe d'eſprit. Je ne ſçai
quel air de naïveté & d'in-
nocence, ſi cependant l'in-
nocence peut ſubſiſter
avec les épreuves qu'elle
avoit eſſuyées, je ne ſçai,
dis-je, quel air de naïveté ſe répandoit ſur toutes
ſes actions, & ſur toutes
ſes paroles. Quelques-uns
des Convives s'aviſerent à

table de faire en sa faveur
des chansons qui étoient
galantes, mais longues &
d'un goût métaphysique :
& elle y répondit sur le
champ par d'autres plus
courtes, & je crois, meil-
leures. Un trait d'esprit
les terminoit, sans beau-
coup de paroles. Le repas
s'égayoit de plus en plus :
& Pigmalion rassasié d'a-
mour, ayant serré la main
de sa Statue, lui dit : *L'u-
sage du Pays où nous vi-
vons, est de se lier dès que
l'on s'aime, par des nœuds
qui ne se rompent jamais. Un*

homme & une femme s'atta-
chent l'un à l'autre, pour ne
se plus quitter. Cela s'appelle
mariage, & nos Prêtres,
qui, par une utile curiosité,
veulent entrer dans tous nos
accords, y ajoûtent ce qu'ils
appellent le sceau de la Reli-
gion. O Statue, ô divine
Statue, mon dessein est de
vous épouser, & je vous don-
ne ma foi de partager avec
vous ma fortune, mes biens,
ma vie, mon ame. Soyez tous
témoins, ajoûta-t-il en re-
gardant les Convives, soyez
témoins de la parole que je
donne. Plûtôt mourir, que

d'abandonner ma chere Sta-
tue ! Elle envifagea dans
le même moment Pigma-
lion , & lui répondit avec
cet air froid qui perfuade :
Pour nous jurer l'un à l'au-
tre que nous vivrons toujours
enfemble , fommes-nous affû-
rez que nous nous plairons
toujours ? Pourquoi vouloir
percer dans un avenir incer-
tain ? Je vous jure , moi ,
que tant que vous me plai-
rez , je ne vous abandonne-
rai point : je vous jure de
plus , que je ferai tous mes
efforts pour vous plaire tou-
jours. A ce prix aimons-nous-

Laissez les sermens à ceux qui n'en connoissent pas la force, aux fous & aux imbécilles. Pour nous, cher Pigmalion, engageons-nous devant vos Amis qui sont devenus les miens, à ne nous point quitter tant que nous nous plairons l'un à l'autre.

Ce discours étoit à peine fini, que Vénus parut dans la Sale à manger, assisse sur un nuage d'or. *Pigmalion,* lui dit-elle, *je t'ai traité plus favorablement que tous les autres mortels : j'ai exaucé le plus ardent de tes vœux. Ta Statue vit, ta Statue respire : tâche sans cesse de lui plaire, & ne la force point à t'aimer : c'est le moyen quelle t'aime toujours.* La Déesse de la Beauté les toucha en même tems l'un & l'autre de sa Ceinture, Ouvrage merveilleux, tissu par les mains des Graces, & auquel est attaché le don inestimable de tout embellir, & de répandre des agrémens qui ne s'effacent point.

Le reste de l'Histoire de Pigmalion n'a jamais été écrit. Il y a apparence qu'après le grand événement de la Statue animée, sa vie n'en eut plus d'autres, ou du moins aucun qui méritât de lui être comparé.

F I N.

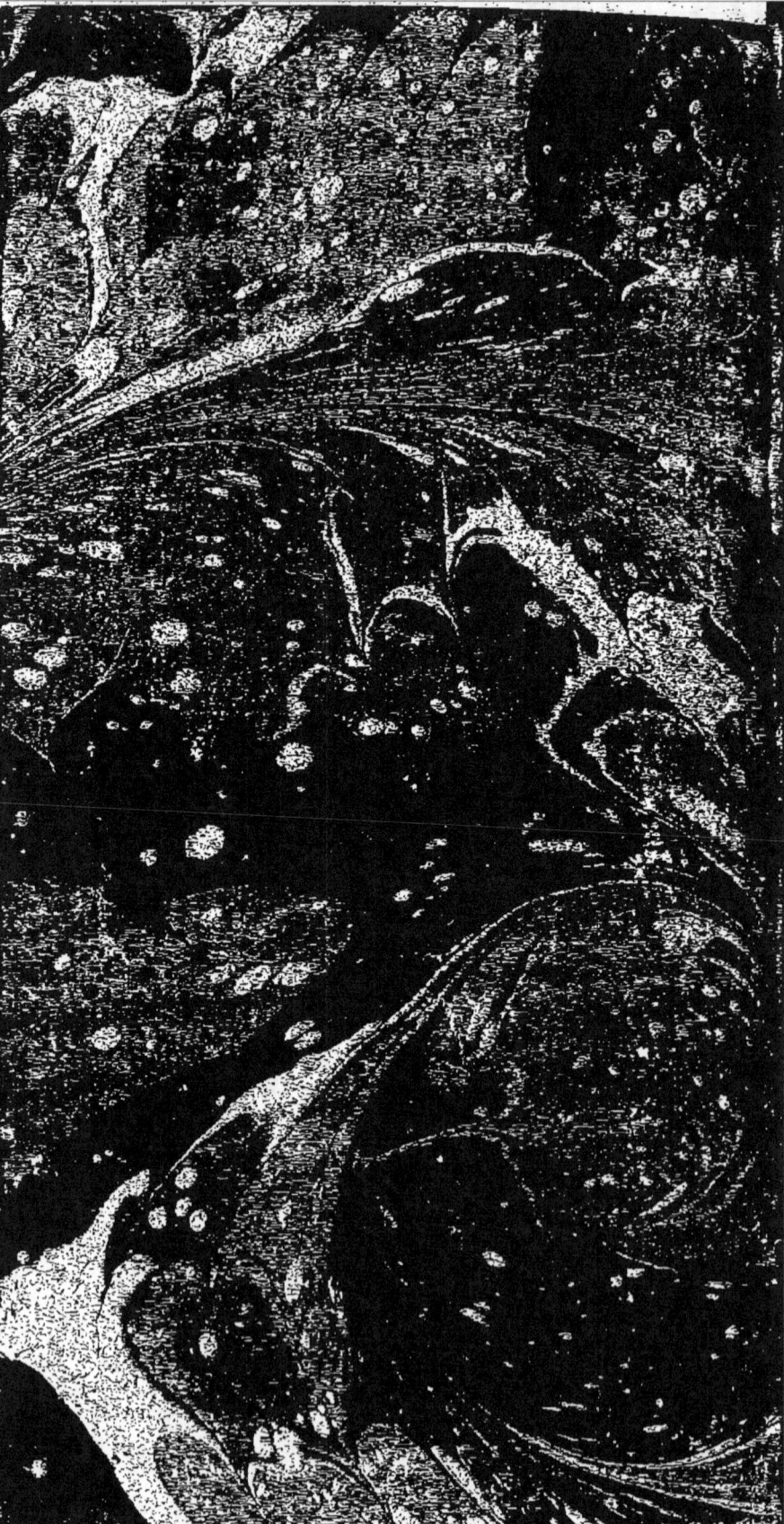

RÉSERVE
700
701

700